NATHALIE SOMERS

# LES COUSINS HOLMES

LA BAGUE ROYALE

NATHALIE SOMERS

# LES COUSINS HOLMES

## LA BAGUE ROYALE

Illustrations :
Hortense Mariano

DIDIER
JEUNESSE
Mon Marque-Page +

MOLLY

TOM HOLMES

## HONORIUS

Je suis le fabuleux héros de cette aventure ! Né dans un quartier extrêmement pauvre de Londres au milieu du XIX$^{e}$ siècle, je suis devenu orphelin à 10 ans. Pour élever ma petite sœur, je me suis lancé dans des activités assez peu recommandables. Mais depuis mes 24 ans, je me suis rangé et j'ai ouvert une agence de détectives.

## MARY

Voici ma sœur, Mary Holmes. Elle a huit ans de moins que moi. Toujours pleine d'idées et de bon sens, elle est une collaboratrice précieuse. Soyons honnête : sans elle, je serais perdu !

# La FAMILLE HOLMES

## PETER HOLMES

## JAMES HOLMES

## AGATHA

Bien qu'elle n'ait qu'une dizaine d'années de plus que moi, c'est ma tante, la veuve du frère de mon père. C'est une femme douce que j'apprécie beaucoup, bien que je la trouve un peu trop patiente avec cette terreur de Sherlock.

## SHERLOCK

Ce petit bonhomme au sourire édenté, c'est mon cousin Sherlock, 6 ans. Il me rend fou, car il est toujours dans mes pattes. Ma sœur le trouve remarquable. Moi, je le trouve juste insupportable. Mais bon, comme le dit le proverbe, on ne choisit pas sa famille !

## MYCROFT

Mycroft, c'est le frère aîné de Sherlock. Il est aussi calme que son frère est turbulent et étudie en pension pendant l'année scolaire. Autant dire que ce n'est pas lui, le casse-pieds de la famille !

# Prologue

La nuit était froide et humide. Brumeuse et inquiétante. Une nuit classique de l'hiver londonien.

Tous ceux qui avaient un endroit pour s'abriter étaient depuis longtemps rentrés chez eux. Les autres se terraient sous les ponts, des abris branlants ou, pour les moins fortunés, dans un recoin d'impasse.

Une nuit parfaite. Du moins pour mes activités.

La rue était déserte. Je le savais, car j'étais à mon poste d'observation depuis plusieurs heures. Dans ma profession, la patience est une qualité essentielle.

Les ladies et gentlemen, qui avaient profité d'une éclaircie pour se promener à Hyde Park, avaient regagné leur demeure. Puis ils étaient ressortis un peu plus tard pour se rendre à des soirées mondaines ou au théâtre. À mesure que l'obscurité gagnait du terrain, les lampes s'étaient allumées dans les pièces des splendides édifices victoriens qui bordaient la voie. Enfin, telles des lucioles fatiguées, elles s'étaient éteintes les unes après les autres.

Encore un peu de temps et mon heure serait venue.

Pour m'occuper l'esprit, je fredonnai intérieurement une des comptines que me chantait ma mère lorsque j'étais enfant. Quand j'arrivai à la dernière strophe, je me mis à faire craquer mes doigts l'un après l'autre. Un peu pour vérifier qu'ils fonctionnaient bien, beaucoup parce que cela était devenu un rituel. Satisfait de l'état de mes articulations, je me décidai à sortir de ma cachette.

Les maisons londoniennes sont construites sur un étage semi-enterré utilisé pour les cuisines et le logement du petit personnel. Ce demi-sous-sol a la particularité d'être accessible grâce à un escalier pentu qui s'enfonce sous le niveau de la rue. Croyez-moi sur parole, quand l'immeuble est inoccupé, cette cage d'escalier constitue une planque idéale d'où on peut tout voir sans être vu.

Les yeux fixés sur ma cible, une superbe demeure de trois étages située de l'autre côté de la rue, je souris de plaisir anticipé. Elle était à moi.

Enfin presque.

Disons qu'elle le serait pendant une soixantaine de minutes si tout se passait bien.

La maison, dont je distinguais la silhouette massive à travers la brume, était bordée par une impasse. C'était de ce côté que se trouvait la trappe permettant la livraison de charbon. Étant donné qu'il en fallait des quantités pour chauffer un édifice de cette taille, l'ouverture était longue et large. Recouverte d'un épais couvercle de bois, son verrouillage était assuré par un solide cadenas, impossible à fracturer, même avec la plus grosse des tenailles (je sais de quoi je parle puisque j'avais déjà tenté le coup). C'est pourquoi, depuis quelques nuits, je passais plusieurs heures à limer l'anneau d'acier pour l'amincir. La prochaine livraison de charbon devait avoir lieu le lendemain matin. Si je ne voulais pas que mon manège soit découvert, il me fallait donc agir ce soir même.

Habillé de noir des pieds à la tête, je n'étais pas plus repérable qu'une meringue sur les pentes de l'Himalaya un jour d'hiver. Je m'approchai, serein, de la trappe. Avec précaution, je sortis en silence une pince-monseigneur de ma besace. J'en refermai les deux extrémités sur la partie limée du cadenas. Un petit « clic » plus tard, plus rien ne m'empêchait de soulever le panneau de bois et de me glisser dans la cave. Atterrissant sur un tas de charbon, je me félicitai une fois de plus du choix de ma tenue. Quitte à devenir noir, autant l'être dès le départ !

J'allumai la petite lampe à gaz que j'emportais toujours avec moi lors de ce genre d'expédition. J'apprécie de comprendre où je mets les pieds.

J'eus tôt fait d'avaler les marches qui menaient au rez-de-chaussée. Mais je ne m'arrêtai pas à cet endroit. Par expérience, je savais que je trouverais ce qui m'intéressait au premier étage. Là où Lady Sandgrave avait ses appartements. J'ouvris quelques portes avant de décrocher le gros lot : la pièce que je découvris était surchargée de rideaux, doubles rideaux, tapisseries et tentures roses. Il n'y avait point de lit. Je me trouvais donc dans le boudoir qui lui servait à recevoir ses amies intimes. J'avançai encore, jusqu'à pousser la porte qui donnait cette fois sur la chambre. La marée rose se poursuivait ici aussi. Le lit à baldaquin, surmonté d'un couvre-lit en soie brodé (de roses roses), occupait la place centrale. Une chaise capitonnée de velours (rose) était disposée devant une coiffeuse en bois (de rose).

La déferlante rose n'en finissait pas.

Car il faut dire, pour ceux qui ne l'avaient pas deviné, que Lady Sandgrave portait avec orgueil le prénom de la fleur à épines.

Bien sûr, ce n'était ni le couvre-lit en soie ni la chaise capitonnée qui m'intéressaient, mais plutôt le contenu du coffret à bijoux qui trônait sur la coiffeuse. Cette chère lady, en effet, obsédée par tout ce qui se rapportait, de près ou de loin, à sa couleur fétiche, avait réussi à se faire offrir par son mari, le richissime Lord Sandgrave, un joyau d'une grande rareté : un diamant rose de la taille d'une dragée. Monté en pendentif, il valait une fortune.

Le rêve à portée de main.

J'entends déjà certains me susurrer à l'oreille que le plus dur était fait, qu'il suffisait de s'emparer du coffret à bijoux et de détaler, aussi vite que possible, par la cave à charbon.

Eh bien non ! L'affaire n'était pas aussi simple qu'il y paraissait.

En effet, Lord Sandgrave avait eu l'idée perverse de demander à un ingénieux menuisier d'intégrer le coffret à la coiffeuse. Bref, les deux ne faisaient qu'un et il était un peu plus compliqué de filer à l'anglaise avec un meuble sur le dos qu'une boîte sous le bras.

J'allais donc devoir faire appel à mes talents de crocheteur de serrure.

Méthodique, je sortis mon petit outillage et m'attelai à la tâche. La fermeture ne me résista guère. On est un expert ou on ne l'est pas. Je soulevai le couvercle du coffret et, sous l'éclat de ma lampe, je le vis, là, scintiller comme un diamant (ce qui est somme toute normal puisque cela en était un). J'allais m'en emparer quand, soudain, j'entendis la porte d'entrée claquer. Je restai un instant figé. Les propriétaires ne devaient pas rentrer avant des heures. Il allait falloir revoir mes plans. En entendant des pas rapides dans les escaliers et des éclats de voix, je compris qu'il y avait de la dispute dans l'air. Je m'emparai du bijou et me jetai sous le lit. Je pouvais encore m'en tirer. Soudain, un cri : « Au voleur ! »

Je sursautai. Comment savaient-ils déjà ? À cet instant, la porte s'ouvrit.

La lumière jaillit. Lady Sandgrave hurla en voyant son coffret béant :

– Il est là ! Il est là !

C'est alors que j'eus la réponse à mes questions : la luminosité du splendide lustre en cristal, autrement supérieure à celle de ma petite lampe, révélait de nombreuses empreintes de pas noires sur le sol de la chambre. Je pouvais dire merci au tas de charbon ! Quel traître !

Comprenant que désormais mon salut résidait dans la fuite, je m'extirpai de ma cachette, bondis dans le couloir et dévalai les escaliers. J'avais presque atteint la porte d'entrée au moment où Lord Sandgrave sortait du salon en hurlant. Je me retournai et découvris avec horreur qu'il tenait un pistolet à la main. Son visage rougeaud et son pas titubant montraient assez clairement qu'il avait abusé de boisson, ce qui avait probablement causé la dispute avec son épouse. Quand je m'aperçus qu'il me visait en pleine poitrine et s'apprêtait à appuyer sur la gâchette, je me vis mort. Après tout, on se touchait presque. Il ne pouvait, à deux pas, me rater. Je compris alors qu'il était plus que temps que je fisse un geste d'apaisement.

Je plongeai la main dans ma poche et en ressortis le pendentif. Espérant qu'il serait sensible à ma bonne volonté, je m'exclamai :

– C'est bon, vous avez gagné, il est à vous !

Ma sincérité était absolue.

Le diamant rose oscillait joliment au bout de la chaîne. Nul ne pouvait y rester indifférent. Sauf, je n'allais pas tarder à m'en rendre compte, un lord anglais en état d'ébriété avancé.

Sans même hésiter, il tira. Je me raidis, pensant ma dernière heure arrivée, mais au lieu d'une douleur fulgurante en pleine poitrine, je ne ressentis rien. Rien, si ce n'est l'étrange sensation qu'on venait de me tracer une ligne de feu au sommet du crâne.

En voyant le diamant rose tournoyer comme une toupie, je compris : la balle l'avait frappé de plein fouet et sa trajectoire en avait été déviée de telle sorte que le projectile avait fini par me dessiner la raie au milieu. En voyant Lord Sandgrave tenter de recharger son arme, je lâchai l'affaire (et le bijou en prime afin de faire diversion). Puis je tournai les talons, franchis le seuil de cette maison bien peu hospitalière et disparus dans le brouillard sans demander mon reste.

Chapitre 1

# Reconversion

Mais je parle, je parle, et je me rends compte que je ne me suis pas présenté.

Mon nom est Honorius Howard Horatio Holmes, mais tout le monde m'appelle simplement Honorius. Je suis né en 1872 dans un taudis de l'East End[1] à Londres, de parents extrêmement modestes mais ayant de grandes espérances pour leur fils (d'où le choix de mes prénoms). Leur imagination était cependant aussi riche que leur portefeuille était vide. Vous comprendrez bien qu'une telle contradiction a quelque peu perturbé le joyeux

1. Quartier miséreux de Londres au XIXe siècle.

bambin que j'étais. Et je fus encore plus bouleversé lorsque, quelques années plus tard, mon père et ma mère furent emportés en moins d'une semaine par une énième épidémie de choléra. Ils me laissèrent pour tout héritage une petite sœur de deux ans. J'en avais moi-même dix. Dix, comme les doigts de mes mains que je découvris, dans la nécessité, très agiles. Ils savaient visiter les poches, les étalages et bientôt les maisons avec une dextérité et une discrétion remarquables.

Mais bien sûr, comme on vient de le voir, même les meilleurs artisans ne sont pas à l'abri d'un impondérable. C'est ce que me fit remarquer Mary lorsque je rentrai, légèrement essoufflé, à la maison ce soir-là. Elle m'attendait en lisant au coin du feu, une théière fumante sur la table basse. Un sucrier, un petit pot de lait et deux tasses en porcelaine étaient artistiquement dressés sur des napperons en dentelle. Le thé, je le savais, serait infusé à la perfection. Il en était ainsi à chacun de mes retours. Mes horaires de travail n'étant pas vraiment réguliers, cela ne cessait de m'émerveiller. Mary me dévisagea, arqua un sourcil en découvrant mon nouveau style capillaire mais ne fit pas de commentaires. Tandis que je m'affalai sur le canapé de velours jaune et or, elle me servit une tasse de thé avec un nuage de lait, ajouta un sucre, et attendit. Sans me faire prier, je lui racontai mes mésaventures. Elle m'écouta attentivement puis, quand j'eus fini, elle tourna pendant un long moment sa petite cuillère dans sa tasse, les yeux plongés dans le liquide ambré. Enfin, elle releva la tête et déclara :

– Honorius, cela suffit. Il est temps d'envisager une évolution de carrière.

Mary Holmes, c'est ma sœur. Mes parents, épuisés d'avoir cherché tant d'ambitieux prénoms pour leur fils aîné, avaient ensuite revu leurs prétentions à la baisse. Ils n'auraient pas dû. Mary était belle comme le jour et brillante (intellectuellement parlant) comme le soleil. Elle aurait bien mérité un ou deux prénoms plus flamboyants.

– Même si je trouve que cette nouvelle coiffure t'avantage, poursuivit-elle, reconnais quand même que ça s'est joué à un cheveu.

Ça, c'était du Mary tout craché : elle savait parfaitement manier le compliment pour obtenir de vous, tout en douceur, ce qu'elle voulait.

En l'occurrence, il m'était impossible de ne pas être d'accord avec elle : la raie au milieu dégageait mon front et mettait en valeur mes yeux de velours.

Alors que je m'observais sous différents angles dans le miroir suspendu au mur qui me faisait face, elle ajouta :

– Tu ne rajeunis pas.

– Je n'ai que vingt-quatre ans, rappelai-je.

– Et alors ? La maxime reste vraie, à moins que tu prétendes avoir le pouvoir de rajeunir…, contra-t-elle d'une voix douce.

– Certes non ! me récriai-je. Ce n'est pas ce que je voulais dire !

– Parfait, conclut-elle, nous sommes donc d'accord.

Je n'insistai pas. Son argument était difficile à contrer. Et il faut savoir choisir ses batailles. Surtout quand on a une sœur comme Mary. Satisfaite, elle me sourit. Je lui souris en retour. Il est impossible de ne pas sourire à Mary quand elle vous sourit. Elle en profita pour pousser plus loin son avantage.

– Nous avons maintenant un niveau de vie très confortable [c'était vrai, mes activités fructueuses nous avaient permis de nous installer dans une petite maison d'un beau quartier]. Il ne reste plus qu'à te trouver une occupation honorable.

Cette réflexion provoqua en moi un miniséisme. Au point que quelques gouttes de mon thé vinrent mouiller la soucoupe de ma tasse.

– Quelle étrange idée ! m'exclamai-je.

– Je comprends que cela puisse te paraître perturbant, m'accorda-t-elle, mais si tu y réfléchis, tu remarqueras que c'est le sort de beaucoup : notre boulanger gagne sa vie en faisant du pain, notre cordonnier, des chaussures, et la reine, en dirigeant l'Empire britannique.

Obéissant, je pris le temps d'y réfléchir et je finis par déclarer :

– À vrai dire, je n'ai rien contre ta proposition. Cette histoire d'« occupation honorable », pour originale qu'elle soit, n'est pas dénuée de charme.

Je me demande cependant ce que cela pourrait être. Jamais je ne saurais fabriquer du pain ni des chaussures. C'est bien trop difficile ! À la limite, je serais tenté de gouverner l'empire, mais je crains que la place soit déjà prise et notre chère reine peu encline à me céder son trône…

Une étincelle s'alluma dans les jolies prunelles de ma sœur. Même si elle ne l'aurait jamais avoué, je crois qu'elle appréciait mon humour. Je plaisantais, mais je voyais qu'elle avait déjà un plan en tête. Et je me demandais bien lequel. Mary but une gorgée de thé et susurra :

– Tu sais espionner, escalader, te déguiser, crocheter tout ce qui comporte une serrure, disparaître sans laisser de traces, sauf exception… et parfois même réfléchir !

– Seulement en ta compagnie, précisai-je humblement.

Sans se laisser distraire par mon compliment, elle planta ses yeux dans les miens et, affichant un air à la fois malicieux et complètement sérieux, elle conclut :

– Tu feras un parfait détective.

Chapitre 2

# Au service de Sa Majesté

Il est rare qu'il neige à Londres. Même quand les boutiquiers décorent leurs vitrines de branches de sapin et de nœuds de velours rouge, on a plus de probabilités de se faire mouiller par la pluie que par les flocons. Mais cet hiver-là faisait exception. Londres avait revêtu un superbe manteau blanc.

– C'est tellement beau ! s'exclama Mary, debout devant la fenêtre.

– Beau et pratique : cela rend si facile de prendre les gens en filature que cela en est presque indécent, ajoutai-je.

Mary eut un petit rire. Cela faisait maintenant plusieurs mois que j'avais apposé sur le mur de notre maison une plaque de cuivre sur laquelle était gravé « Honorius H. H. Holmes, détective privé ». Quelques annonces publiées dans les journaux londoniens m'avaient offert mes premières affaires. Mon efficacité et mon professionnalisme avaient été tels que j'avais rapidement été dépassé par les demandes, au point de devoir recruter un assistant. Qui s'était au final révélé être une assistante, Mary ne m'ayant guère laissé le choix. Jusqu'à présent, mon instinct protecteur de grand frère m'avait toujours poussé à ne pas la mêler à mes activités « professionnelles ».

Mais comme elle l'avait argumenté avec logique, j'avais désormais une activité « honorable » et il n'y avait aucune raison que je refuse sa candidature. Je résistai encore, puisque je considérais que cette nouvelle activité, aussi honorable fût-elle, pouvait se révéler dangereuse. Je finis par céder lorsqu'elle me menaça de ne plus me faire de pudding de Noël. Chaque homme a son prix.

Elle demeurait cependant la petite sœur dont mes parents m'avaient confié la garde et moi celui qui l'avait élevée depuis ses deux ans. Aussi je restai intraitable sur un point : il n'était pas question qu'elle prenne le moindre risque.

Après des jours de discussions et de chantages divers et variés, autant de la part de l'un que de l'autre, nous finîmes par nous accorder sur un mode de fonctionnement : Mary s'occuperait de la charge administrative, recevrait nos clients potentiels et déciderait si oui ou non nous prendrions l'affaire. Nos cerveaux collaboreraient pour établir un plan tactique et moi, je serais sur le terrain pour mettre en œuvre ce que nous aurions imaginé. Tout roulait depuis comme sur des roulettes.

Nous avions la chance de disposer d'un petit jardin à l'arrière de la maison, et Mary, toujours émue par les êtres vulnérables, avait suspendu aux branches du cerisier une mangeoire pour les oiseaux du voisinage. Quelle que soit la météo, elle l'alimentait régulièrement en graines et en beurre. L'abri était donc devenu le restaurant incontournable de tout ce qui portait des plumes. Quand j'en avais le temps, j'aimais imiter leur chant, particulièrement celui du rouge-gorge. Rien n'amusait autant Mary que lorsqu'ils commençaient à me répondre. Elle plaisantait souvent en disant qu'avec deux ou trois plumes sur la tête, ils m'accepteraient comme un des leurs. Je rétorquais alors très sérieusement que ce serait plutôt parce qu'elle passait son temps à me clouer le bec. Ce qui ne manquait jamais de la faire rire.

Tandis que nous contemplions un pinson qui picorait avec appétit, on frappa à la porte.

Deux coups. Un premier hésitant. Un deuxième autoritaire.

– Un homme habitué à être obéi… mais qui se trouve dans une situation délicate, devina ma sœur.

– Un client idéal, conclus-je, riche et prêt à payer n'importe quelle somme.

Le sourire de Mary s'élargit. En cette saison de Noël, cet argent serait le bienvenu pour venir en aide à l'orphelinat qu'elle parrainait.

L'homme qui entra était enveloppé dans une longue cape sombre et portait un masque pour dissimuler le haut de son visage. Je crus un instant qu'il s'était trompé d'adresse et qu'il se rendait à un bal costumé. Il était un peu tôt cependant pour cela et, de plus, l'homme clarifia immédiatement la situation :

– M. Holmes, j'ai besoin de vos services. Il faut que vous vous introduisiez dans l'ambassade de Transylvanie et que vous me rameniez un anneau qui doit se trouver dans le coffre-fort de l'ambassadeur. En voici le dessin.

Je ne saisis pas la feuille qu'il me tendait. D'un air offusqué, je m'insurgeai :

– Pour qui donc me prenez-vous ? Je ne suis pas un vulgaire voleur !

Je l'avais été, ce que mon visiteur n'avait pas besoin de savoir, mais je ne l'étais plus. Et je tenais plus que tout à ma nouvelle intégrité.

– Vous n'y êtes pas, s'emporta l'homme, cet anneau m'appartient ! Je ne désire que récupérer mon bien !

Mary quitta la fenêtre pour s'approcher et jeter un œil au dessin. Elle étouffa une exclamation de surprise. Ma curiosité éveillée, je me penchai à mon tour.

– L'anneau du prince héritier, soufflai-je, estomaqué.

Le visiteur parut un instant désemparé avant de nier avec nervosité :

– Absolument pas ! Il lui ressemble peut-être un peu, voilà tout…

Mais il était trop tard.

– Votre Altesse, contrai-je, si vous êtes ici, c'est que vous accordez quelque crédit à notre professionnalisme. Cet objet fait partie des bijoux de la Couronne et je connais parfaitement chacun d'eux.

Et pour cause : à mes débuts, j'avais rêvé pendant des nuits que je réussissais le cambriolage du siècle en les dérobant tous… avant de me rendre à l'évidence que le défi était un peu trop ambitieux pour un homme seul, aussi doué fût-il.

Mais ça non plus, notre client princier n'avait pas besoin de le savoir !

– Sans compter que votre accent trahit vos origines royales, ajouta Mary. Vous avez essayé de le dissimuler en arrivant, mais en devenant nerveux, vous l'avez repris tout naturellement.

Le silence régna quelques secondes dans le bureau avant que l'homme enlève soudain son masque, d'un geste brusque.

– Bravo ! lâcha-t-il. On m'avait dit que vous étiez perspicaces, mais j'espérais pouvoir rester incognito.

Encore sous le choc de me retrouver en présence du prince Albert, fils aîné de la reine Victoria et héritier du trône de Grande-Bretagne, je ne sus que répondre. J'avais jusqu'alors plus l'habitude qu'on fasse appel à mes services pour filer un mari infidèle ou simplement retrouver un chien égaré. Mon visiteur profita de mon silence pour enchaîner avec nervosité :

– Il y a quelque temps, je me suis trouvé à la même table de jeu que M. Moriaru, l'ambassadeur de Transylvanie. Nous avons joué de grosses sommes et je n'ai pas eu la main heureuse. Comme je n'avais plus d'argent, il m'a proposé de continuer à parier en mettant mon anneau en gage. C'est ce que j'ai fait. Hélas, j'ai encore perdu. M. Moriaru est donc reparti de la soirée avec ma bague. Je devais bien sûr la récupérer le lendemain matin lorsque je viendrais payer mes dettes. Malheureusement, l'ambassadeur avait d'autres idées en tête…

Le prince Albert se tut, le temps de récupérer son souffle et de surmonter son émotion. Quand il reprit, sa voix était tendue.

– Lorsque je suis arrivé à l'ambassade avec l'argent correspondant à ce que je lui devais, M. Moriaru a refusé de me rendre mon anneau. À la place, il a exigé…

Les gros titres de la presse me revinrent aussitôt à l'esprit. Comme s'il s'agissait d'une évidence, Mary termina tranquillement à sa place :

– … que vous interveniez auprès de la reine pour qu'elle apporte son soutien au nouveau gouvernement de Transylvanie.

– Comment avez-vous deviné ? s'étonna notre visiteur en écarquillant les yeux.

– Je lis les journaux chaque matin avec beaucoup d'attention, expliqua ma jeune sœur avec un sourire, ils parlent tous du coup d'État qui a eu lieu en

Transylvanie et des problèmes que rencontre le nouveau dirigeant, le général Zidar.

La stupéfaction de Son Altesse était presque comique à voir. J'avais depuis longtemps remarqué que les gens de la classe supérieure, et encore plus les aristocrates, avaient pour habitude de croire qu'ils étaient les seuls capables d'intelligence. Ce genre de comportement était souvent très utile dans mon métier et je m'amusai, une fois de plus, de la surprise du prince Albert. Bien sûr, je n'en laissai rien paraître. D'un ton neutre, et pour bien montrer que nous savions de quoi nous parlions, je résumai la situation politique de ce pays à la fois rude et beau :

– Depuis que le général Zidar a assassiné le roi de Transylvanie et pris le pouvoir, il fait les gros titres des journaux. Il pensait que le soutien de l'armée serait suffisant, mais en réalité, ce dictateur a du mal à s'imposer. Le peuple ne l'accepte pas et c'est dans le sang qu'il mate les révoltes qui explosent dans le pays. Il n'est pas difficile d'en déduire que s'il parvenait à obtenir la reconnaissance officielle de l'Empire britannique, les choses seraient plus simples pour lui. Les autres États suivraient certainement et cela lui donnerait une stature internationale.

– C'est exactement cela ! approuva l'héritier du trône avec vigueur, les yeux écarquillés de stupéfaction.

Je m'autorisai un sourire faussement modeste, car, en réalité, j'aimais assez en mettre plein la vue à nos clients. Dans ces moments-là, j'avais le sentiment grisant d'être un magicien qui vient de réussir à sortir un lapin de son chapeau ! Mary, qui me reprochait parfois mon côté « fanfaron », leva les yeux au ciel. Je l'ignorai avec superbe.

Tout à son affaire, le prince renchérit avec colère :

– Malgré mes offres de paiement, M. Moriaru refuse catégoriquement de me rendre l'anneau. Il préfère me faire chanter, l'infâme !

– Pourquoi ne pas expliquer la situation à la reine et demander l'intervention de la police ? suggéra Mary avec bon sens.

À ces mots, le visage du prince Albert s'assombrit. Avant qu'il ouvre la bouche, je savais ce qu'il allait répliquer.

– Elle me considère déjà comme un homme frivole et parle de me retirer le trône, avoua-t-il avec un geste de frustration. Si elle connaissait la situation, cela en serait fini de moi. Elle a déjà remarqué que je ne mettais plus l'anneau. J'ai prétendu l'avoir fait porter à nettoyer, mais nous recevons à Noël le tsar et sa famille. Elle a exigé que j'aie ma bague au doigt à cette occasion…

Comme je me demandais si le prince ne méritait pas un peu ce qu'il lui arrivait, il ajouta d'un ton péremptoire :

– Mais même si cela doit me coûter la couronne d'Angleterre, jamais je ne céderai à un chantage visant à soutenir un dictateur !

Mary et moi échangeâmes un regard. Le prince héritier avait, à raison, une réputation déplorable. Grâce à notre réseau d'informateurs, nous connaissions nombre d'anecdotes qui auraient fait rougir de honte toute la famille royale si elle en avait eu connaissance. Mais grâce à ses derniers mots, il venait, un peu, de remonter dans notre estime.

– Très bien, dit-elle, nous acceptons l'affaire. Puis elle ajouta doucement : Cependant, les frais risquent d'être élevés. Il va falloir intervenir dans l'urgence, sur un territoire étranger au sol britannique et sans provoquer d'incident diplomatique.

D'un geste de la main, le prince Albert balaya cette considération.

– Votre prix sera le mien, dit-il.

Le sourire de Mary s'élargit. Le Noël de ses chers orphelins promettait d'être inoubliable.

Chapitre 3

# Chez monsieur l'ambassadeur

Big Ben sonna une heure. La nuit londonienne était sombre et la neige avait déjà fondu. Cela désolait autant Mary que cela me réjouissait : si la perspective d'un Noël blanc semblait s'éloigner, mes traces aux alentours de l'ambassade de Transylvanie seraient moins visibles.

L'hôtel particulier dans lequel vivait l'ambassadeur était entouré d'un mur de plus de trois mètres de haut dont le sommet était garni de pointes d'acier. Un portail encore plus élevé fermait l'entrée du parc et, dans une guérite, un garde en surveillait l'accès. Et il ne s'agissait là que des mesures de protection extérieures. Heureusement, grâce à une étude minutieuse des lieux, j'avais remarqué qu'un des grands marronniers qui poussaient sur le trottoir permettait, grâce à sa magnifique ramure, de dépasser l'obstacle. Une branche, qui ne se souciait pas des frontières, s'étirait au-dessus du mur transylvanien et son extrémité s'approchait agréablement d'un balcon du premier étage. Le chemin me semblait tout tracé.

J'avais, en prévision de l'escalade qui m'attendait, retrouvé mes anciens habits de cambrioleur. Tout de noir vêtu, je grimpai sur la grille qui entourait le tronc et saisis la branche la plus basse. Ma parfaite condition physique, que j'entretenais comme tout gentleman qui se respecte par la pratique de la boxe et de la gymnastique, me permit de me hisser sur l'arbre. À l'aide de quelques acrobaties, je réalisai un parcours sans faute et atterris sur le balcon sans même une égratignure. Crocheter la serrure de la porte-fenêtre fut un jeu d'enfant. Il s'agissait d'un modèle basique que j'avais appris à forcer l'année de mes onze ans. À l'évidence, nul ne s'attendait à ce qu'un cambrioleur s'attaque au premier étage. Je poussai le battant et m'introduisis sans plus de difficultés en territoire transylvanien. M. Moriaru était de sortie et une grande partie de sa garde l'accompagnait. Les soldats restés sur place se contentaient de faire des rondes à l'extérieur. Le personnel était endormi. L'ambassade était à moi.

Sûr de mon art, je traversai d'un bon pas plusieurs salons richement décorés. Grâce à ses contacts, Mary avait appris d'une femme de ménage qui travaillait à l'ambassade la disposition des lieux et l'emplacement du bureau de l'ambassadeur. Alors que j'étais sur le point de l'atteindre et que je me trouvais dans la pièce qui lui servait d'antichambre, je butai dans la pénombre contre un objet métallique. Aussitôt une série de cris aigus perça le silence et me glaça le sang. Il me fallut quelques secondes avant de comprendre que je venais de percuter le socle d'une immense cage à oiseaux. Grâce à l'entraînement que j'avais acquis avec nos rouges-gorges, je parvins à calmer les volatiles en sifflotant allègrement. Puis je tendis l'oreille. Rien. Les appartements des domestiques devaient être trop éloignés pour que ce concert improvisé ait pu les réveiller. Me promettant d'être plus prudent à l'avenir, je pénétrai enfin dans le bureau. Il était vaste. Une grande table en noyer sombre était placée le long des portes-fenêtres qui faisaient face à l'entrée. Des piles de documents nettement rangées étaient posées dessus et un fauteuil à haut dossier glissé derrière offrait une assise confortable à l'ambassadeur pour ses journées de travail. Il n'y avait aucun autre siège. À l'évidence, M. Moriaru aimait laisser ses interlocuteurs debout devant lui. Je pivotai sur moi-même, l'œil aux aguets. Un pan de mur était tapissé de livres. Un autre de tableaux divers : plusieurs paysages de Transylvanie, un portrait en pied du général Zidar, un autre de l'ambassadeur lui-même. Grâce à ma longue expérience des maisons de riches, je soupçonnai vite la cachette du coffre. Sûr de moi, je franchis les quelques pas qui me séparaient des peintures et décrochai le tableau de l'ambassadeur. Je souris en découvrant une porte d'acier. Un homme aussi imbu de lui-même ne pouvait que dissimuler son coffre derrière son propre portrait. Sans perdre de temps, je me mis à l'ouvrage. Si c'était mon jour de chance, et cela l'était souvent, la combinaison n'allait pas me résister longtemps. Poursuivant le même raisonnement que précédemment, je tournai les boutons pour les caler sur ce qui me paraissait le plus évident : la date de naissance de M. Moriaru. La porte en acier renforcé s'ouvrit sans un bruit. Je me félicitai moi-même : j'étais toujours le roi des cambrioleurs ! Ma satisfaction retomba cependant très vite : le coffre était plein de documents officiels mais ne contenait point d'anneau.

Et encore moins d'anneau royal.

Chapitre 4

# Les terreurs

De retour à la maison, je retrouvai Mary et la théière fumante. Dépité, je lui racontai ma déconvenue.

– Je suis tellement déçue, laissa échapper ma jeune sœur, j'avais espéré pouvoir renouveler la garde-robe de mes petits protégés.

Conscient de ne pas m'être monté à la hauteur, je m'excusai :

– Je suis vraiment désolé. J'étais convaincu que ce serait facile.

– Ce n'est pas ta faute, tenta de me réconforter Mary, cet ambassadeur est simplement plus malin que ce qu'on croyait.

Nous bûmes notre thé dans un silence morose, ce qui était assez inhabituel. Avant de rejoindre nos chambres respectives, je tentai cependant de me montrer optimiste :

– On dit que la nuit porte conseil. Heureusement, elle est particulièrement longue en cette saison. On en tirera bien quelque chose…

De vous à moi, je vous avouerai que je n'y croyais pas vraiment. La partie était perdue, il fallait bien le reconnaître.

Eh bien, toujours de vous à moi, je vous confierai que j'avais tort. Ces maximes ne sont pas que des phrases bateau, après tout ! Le lendemain matin, en effet, alors que je dégustais mes œufs brouillés, Mary me rejoignit dans la salle à manger. Dès que je posai le regard sur elle, je compris qu'elle avait eu une idée.

Sans prendre le temps de s'asseoir ou même de dire bonjour, elle annonça :

– L'ambassadeur de Transylvanie ne fait pas confiance aux coffres-forts, et nous sommes bien placés pour savoir qu'il n'a pas tort !

Elle marqua une pause avant de lâcher la conclusion qu'elle en avait tirée :

– Je parie qu'il doit garder l'anneau sur lui.

Je pris un instant pour réfléchir à ce qu'elle venait de dire puis je finis par hocher la tête. Elle avait, comme souvent, probablement raison. J'avalai une gorgée de thé tandis qu'elle poursuivait :

– Il faudrait pouvoir le fouiller. Cela ne va pas être simple…

– Effectivement, renchéris-je, les règles de notre société londonienne donnent peu souvent l'occasion de fouiller un gentleman que l'on ne connaît pas des pieds à la tête.

Au lieu de sourire comme elle le faisait d'habitude lorsque je plaisantais, Mary me fusilla du regard. Plutôt que de s'asseoir à la table du petit-déjeuner, elle se dirigea vers la fenêtre. Celle de la salle à manger donnait côté rue et offrait en second plan une magnifique vue sur la Tamise. En apercevant des passants chargés de paquets cadeaux, elle soupira :

– Je ne veux pas renoncer à mes projets pour l'orphelinat faute de financement…

Notre échec était vraiment lourd de conséquences. Sans bague, pas de rémunération. Sans rémunération, pas de vêtements pour les petits déshérités. Je posai ma serviette sur la table, me levai et la rejoignis.

Debout à ses côtés, je restai silencieux un instant à regarder passer les péniches. Il fallait que je me rattrape. Soudain, je souris :

– Il y a peut-être une solution…

Avant même que ma sœur puisse m'interroger, on frappa à notre porte.

– Ciel ! fit Mary en portant la main à son front. J'avais oublié que je gardais aujourd'hui Mycroft et Sherlock !

– Quoi ? m'exclamai-je. On est en pleine enquête et tu proposes de t'occuper de ces deux chenapans ? Ne crois-tu pas qu'il y a plus urgent ?

Je dois reconnaître que j'étais injuste en tenant de tels propos. Il n'y avait qu'un chenapan, et non deux. Mycroft, l'aîné de mes jeunes cousins, était on ne peut plus facile à surveiller. Il s'asseyait à son arrivée dans un fauteuil, sortait d'un sac l'un des nombreux livres qu'il emportait toujours avec lui, et ne pipait mot le restant de la journée. Avec Sherlock, c'était une tout autre affaire. À six ans, c'était un vrai pot de colle qui posait incessamment des questions plus étranges les unes que les autres. Il écoutait tout (surtout ce qu'on voulait garder secret), voyait tout (surtout ce que l'on voulait cacher) et se mêlait de tout (et surtout de ce qui ne le regardait pas). Une plaie ambulante.

– Je ne savais pas qu'on aurait cette enquête à mener quand j'ai proposé de les garder, se justifia-t-elle, Agatha doit aller faire ses courses de Noël, elle ne pouvait les prendre avec elle.

Agatha était la mère de Mycroft et Sherlock. Elle avait épousé James, le frère de notre père, né près de quinze ans après lui. Voilà pourquoi James, bien qu'étant mon oncle, n'avait que dix ans de plus que moi. Très jeune, il s'était engagé dans la marine, ce qui faisait que je ne l'avais presque pas connu. À la mort de mes parents, il naviguait quelque part sur l'océan Indien. C'est au hasard de l'enterrement d'un de nos anciens voisins que nous avions renoué contact. Son second fils (le terrible Sherlock) venait de naître. C'est avec joie que Mary et moi avions fait la connaissance d'Agatha, son épouse. Et c'est avec tristesse que quelques mois plus tard, nous avions appris que James était décédé de la fièvre jaune lors d'un voyage en Afrique, alors qu'il venait juste d'accéder au poste de capitaine. La tragédie nous avait rapprochés, et Mary et moi avions aidé de notre mieux Agatha et ses enfants.

Il n'empêche. Sherlock était un vrai garnement. Alors que ça toquait à nouveau, je grognai :

– Sherlock est tout le temps fourré dans mes pattes, il ouvre tous les tiroirs, toutes les portes, même celles fermées à clé !

– Si tu ne lui avais pas appris à crocheter les serrures, rappela traîtreusement Mary, on n'en serait peut-être pas là.

Je m'autorisai à afficher un air offusqué en grommelant :

– Il m'avait fait promettre de lui apprendre un tour pour ses six ans. Je pensais qu'il parlait d'un tour de magie, avec des cartes, comme un gamin normal, quoi ! Comment pouvais-je imaginer qu'il aurait une idée pareille ?

Un fin sourire étira les lèvres de ma sœur :

– Avec Sherlock, tu sais bien qu'il faut tout prévoir, surtout l'imprévisible.

Sur cette réplique, elle me quitta pour aller ouvrir. Quelques secondes plus tard, un gamin tout en bras et en jambes se précipitait sur moi. Je l'évitai adroitement grâce à une esquive que j'avais apprise sur le ring. Il finit sa course sur le canapé et se retourna pour me lancer une œillade mi-furieuse, mi-admirative.

– Bonjour, Sherlock, susurrai-je.

Méprisant les règles les plus élémentaires de la politesse, la petite terreur omit de me saluer pour m'interroger :

– Cousin Honorius, comment as-tu fait cela ?

Me souvenant que j'avais autre chose à faire que satisfaire la curiosité d'un gamin de six ans, je m'en tirai par une pirouette :

– Cela s'appelle une « glissade ». Promis, je t'apprendrai à la réaliser. Ce sera ton cadeau de Noël ! D'ici là, tu peux toujours t'entraîner dans les couloirs.

Puis, non sans une certaine lâcheté, j'attrapai manteau et chapeau avant de m'enfuir par la porte de derrière.

C'est que, vous comprenez, j'avais une enquête à mener…

## Chapitre 5

# Il faut oser se mouiller

La circulation dans les rues de Londres est, de manière générale, infernale. Rien que pour nourrir les vingt-cinq mille chevaux qui tirent cabriolets, fiacres et omnibus en tout genre, il faut livrer des centaines de charrettes débordant de fourrage. Et je ne vous parle pas des quelque cent tonnes de crottin à évacuer quotidiennement ! Les encombrements sont donc monnaie courante et tout gentleman sait bien que, dans ces cas-là, il est plus rapide de descendre de voiture et de faire quelques pas pour aller prendre un nouveau fiacre un peu plus loin. L'ambassadeur, bien que n'étant pas un gentleman, le savait aussi.

Une filature de plusieurs jours m'avait permis de remarquer que M. Moriaru sortait tous les après-midi à seize heures pour se rendre à son club. Il passait alors sur les voies sur berge qui longent la Tamise.

En décembre, à Londres, seize heures correspond aussi au coucher de soleil. Cela faisait mon affaire : le crépuscule, la pénombre étaient les meilleurs de mes alliés.

Or ce jour-là, un bouchon phénoménal bloquait la circulation. Le paysan que j'avais payé pour renverser sa charrette au carrefour suivant avait fait du bon travail. Je n'eus pas à attendre longtemps. L'ambassadeur ne tarda pas à descendre de son fiacre. Comme prévu, il emprunta le chemin qui suivait la rivière. C'était à moi de jouer.

Imitant la démarche titubante d'un homme ivre, je vins à sa rencontre. Arrivé à sa hauteur, je fis semblant de perdre l'équilibre et me raccrochai à lui comme à une bouée. Il poussa un cri et je balbutiai :

– Mille… mille par… pardons, Votre Grâce.

Il tenta de se dégager, mais je le tenais fermement.

– Je vous intime de me lâcher ! m'ordonna-t-il. Vous êtes saoul ou quoi ? Allez donc cuver votre vin ailleurs !

Je fis mine d'être outragé et, le serrant toujours davantage, je protestai :

– Saoul, m… moi ? P… pour qui me pr… prenez-vous ?

Il luttait comme un beau diable en vitupérant, et je décidai que le petit jeu avait assez duré. D'un coup d'épaule, je le fis basculer avec moi dans la rivière. Bien que je me sois habillé en conséquence, l'eau me glaça. La neige avait peut-être fondu, mais les températures ne s'élevaient guère au-dessus de zéro. Il me fallut toute mon énergie et un dévouement total à ma mission pour ne pas sombrer. L'ambassadeur se débattit comme un fou furieux et je l'assommai d'un coup net derrière la tête pour qu'il ne nous entraîne pas tous deux par le fond. Mes membres commençaient à s'engourdir et c'est au prix d'un immense effort que je parvins à le tirer jusqu'à la rive. Des gens se dirigeaient déjà vers nous. Sans perdre un instant, je palpai le corps de l'ambassadeur à la recherche de l'anneau. Avec ses vêtements humides collés à la peau, le volumineux bijou ne pouvait pas m'échapper. Ne trouvant rien, je poussai même le zèle jusqu'à lui enlever ses chaussures (soi-disant pour lui frotter les pieds) pour vérifier que le talon ne recelait pas une cache. Rien, toujours rien. Par acquit de conscience, je passai une main experte dans le chapeau haut de forme qui avait roulé sur la rive lors de la bousculade et qu'un badaud venait de

rapporter. Il n'y avait pas plus de double fond que d'iceberg au milieu du désert.

Déçu au-delà du possible, je finis par accepter le manteau sec que l'on me tendait. Je me relevai sans répondre aux passants qui me félicitaient d'avoir sauvé la vie d'un homme, et je m'éloignai. Je pris le premier fiacre que je rencontrai pour rentrer chez moi.

Chapitre 6

# Abracadabratchoum !

– Tu es fou ! Tu aurais pu te noyer et lui avec ! s'emporta Mary en me frictionnant le dos avec un gant de crin pour me réchauffer.

J'avais préféré ne pas mettre ma sœur au courant de mon initiative. Bravement, j'avais résisté à tous ses assauts pour percer à jour mes intentions, car je savais par avance qu'elle aurait désapprouvé. Elle avait parfois un petit côté « mère poule » difficilement compatible avec mes activités.

– Avec ce temps, je risquais plutôt de mourir de froid, dis-je en étouffant un éternuement.

Mary avait rempli l'âtre de bûches et des flammes dignes de l'enfer s'élevaient en ronflant. Pourtant, malgré la chaleur de four qui régnait dans ma chambre, je ne parvenais pas à m'empêcher de trembler.

– Je te rassure, mourir est encore possible, répliqua-t-elle d'un ton exaspéré et inquiet à la fois, même si je vais finir par user mon gant de crin pour éviter que cela arrive. Il n'empêche…

Avant qu'elle puisse repartir à l'attaque, je décidai qu'il était plus que temps de changer de sujet :

– Au moins, on sait qu'il n'a pas l'anneau sur lui, fis-je remarquer en essayant de maîtriser le tremblotement de ma voix et en jetant discrètement un coup d'œil par-dessus mon épaule pour surveiller la réaction de ma sœur.

Comme une machine bien huilée, son cerveau se remit aussitôt en marche. Tout en continuant à manier le gant de crin avec vigueur, elle fronça les sourcils, ce qui était chez elle un signe de concentration intense. Autant pour elle que pour moi, elle interrogea à haute voix :

– Mais où donc peut-il le garder, dans ce cas ?

Ravi qu'elle ait embrayé sur ce nouveau sujet, je reposai la tête sur l'oreiller et répondis :

– Dans un lieu connu de lui seul, c'est évident.

– Ce ne peut être hors de l'ambassade. Ce serait trop risqué, répliqua-t-elle.

– Il est donc à l'intérieur.

Bien que je ne visse plus Mary, je devinai qu'elle levait les yeux au ciel :

– Merci pour cette conclusion hautement édifiante.

Je souris malgré mes dents qui avaient la fâcheuse tendance à claquer.

– Nous disions donc qu'il est dans l'ambassade, reprit ma sœur, c'est bien. Mais la seule autre chose que nous sachions, c'est qu'il n'est pas dans le coffre. Cela laisse pas mal de possibilités…

– Or nous sommes déjà le 23 décembre. Il ne nous reste plus qu'un jour pour fouiller une demeure de plusieurs dizaines de pièces, ajoutai-je.

– Soyons réalistes, soupira-t-elle d'un ton fataliste, c'est une tâche impossible. Même pour le fabuleux Honorius Howard Horatio Holmes.

– Femme de petite foi ! Je t'ai connue plus optimiste…

– Te voir aux portes de la mort il y a quelques heures a quelque peu ébranlé mon optimisme.

– Mais je suis là ! Toujours vivant, toujours debout ! répondis-je avec vigueur.

– En l'occurrence, plutôt couché.

Je ne pus retenir un éclat de rire.

– Que proposes-tu donc au lieu de ricaner ? me demanda Mary en m'arrachant presque la peau du dos à force de frotter.

Dans un premier temps, je ne sus que répondre. Mon imagination semblait avoir été glacée par l'eau de la Tamise. Refusant cependant d'avouer ma défaite, je lâchai assez bêtement :

– Il faut forcer l'ambassadeur à nous dire lui-même où il a caché l'anneau.

Le mouvement du gant de crin s'interrompit.

– Et tu comptes le forcer comment, Honorius ? En le faisant parler sous la torture ? Je te préviens, il n'en est pas question, jamais…

Je lâchai un éternuement redoutable qui l'empêcha de poursuivre. Et soudain, comme si cela avait, par magie, dynamisé les rouages de son cerveau, elle s'exclama :

– J'ai trouvé ! Nul besoin de torture pour faire révéler aux gens leur plus précieuse cachette. Il suffit d'un peu d'astuce…

Chapitre 7

# Comme chien et chat

L'idée de Mary ne me plaisait qu'à moitié, et même qu'à un quart. Surtout à cause de la part qu'elle s'était attribuée. L'affaire pouvait mal tourner.

– C'est trop risqué, objectai-je, et puis tu es trop jeune pour jouer ce rôle.

– Tu dis ça juste parce que ce n'est pas ton idée ! Tu es jaloux de mon cerveau génial !

– Et de ta modestie, ajoutai-je d'un ton transpirant le sarcasme à grosses gouttes.

Mary rit aux éclats.

– J'ai seize ans ! Je ne suis plus une enfant.

– C'est bien ce qui m'inquiète, soupirai-je.

Évidemment, je finis par céder. Il était vrai que l'idée était aussi dangereuse que géniale. Elle demandait cependant une préparation de haut vol et le temps nous était compté. J'allais devoir faire appel à toute mon expérience pour mettre en place le nécessaire, et sans tarder.

D'un geste vif, je repoussai les couvertures et me redressai.

– Que fais-tu ? s'écria Mary.

– Il faut que j'y aille. Tu n'as aucune idée des préparatifs pour que ce genre d'expédition fonctionne.

– Quoi ? Ressortir alors que tu éternues en rafale ? Tu tiens vraiment à mourir ? me lança-t-elle.

Elle s'opposa fermement à ce que je sorte avant le lendemain. Sachant l'énergie qu'il faudrait déployer pour la convaincre du contraire, je préférai lui obéir. Ou du moins le lui faire croire. Je me rallongeai donc sagement et prétendis même avoir un peu froid. Dès qu'elle sortit chercher une nouvelle bûche pour le feu, je me rhabillai en vitesse et m'éclipsai par la fenêtre.

Mary me rattrapa alors que j'escaladai le mur du jardin. Finalement, nous trouvâmes un compromis : j'enfilai quatre vestes et trois manteaux, un chapeau et deux écharpes en échange d'une autorisation de sortie.

Couvert de ces nombreuses épaisseurs de vêtements qui me faisaient ressembler à une bonbonne de vin, je demandai au premier chauffeur de fiacre que je croisai de me conduire jusqu'à l'East End. J'avais en effet besoin de renfort, ou du moins d'un nombre important de figurants. Je savais que dans ce quartier miséreux qui avait été le mien, je trouverais des volontaires en quantité. Les habitants y étaient toujours prêts à se soumettre à des ordres parfois étranges, quand il s'agissait de gagner une livre ou deux sans trop d'efforts. À obéir et à ne pas poser de questions. Ce qui me convenait parfaitement. Je poursuivis ensuite ma route jusqu'à la British Library[1], où je me dirigeai tout droit vers la section « Langues étrangères ». À force de compulser des

1. Bibliothèque nationale de Grande-Bretagne.

dictionnaires transylvanien-anglais et des ouvrages d'apprentissage de la langue, je repérai les quelques mots que je cherchais.

Je me rendis ensuite à Chinatown, le quartier chinois de Londres. Comme prévu, j'y trouvai des boutiques vendant des feux d'artifice, des fusées et des fumigènes de toute première qualité. Une cinquantaine de pétards de la taille d'une chandelle complétèrent mes achats. Sur le chemin du retour, le parfum épicé des puddings de Noël s'échappa par la porte d'un boulanger et vint me chatouiller les narines. Je m'aperçus que j'avais très faim. J'en achetai donc une part et me rendis compte soudain que je n'avais prévu aucun cadeau pour ma chère petite sœur. Cette enquête m'avait bien trop accaparé ces derniers jours… Mon organisation pour la journée étant en place, je me mis en quête d'un présent.

Un peu plus tard, lorsque je rentrai chez nous, je découvris Mary dans une robe profondément décolletée, bien loin de ce qu'elle portait habituellement. Apprenant qu'il s'agissait de la tenue qu'elle comptait arborer le lendemain pour interpréter son rôle, je protestai haut et fort :

– Cette robe est mille fois trop échancrée !

– Tu veux que je joue les séductrices avec un cache-nez et un collet monté ? répliqua-t-elle.

Je marmonnai dans ma barbe pour montrer ma réprobation, mais je n'avais pas d'argument valable à lui opposer. En comprenant qu'elle avait gagné, elle passa la soirée à s'entraîner à prendre des poses séductrices. Je sentis l'inquiétude m'envahir : Mary semblait se fondre avec un peu trop de zèle dans le personnage qu'elle s'était elle-même attribué ! En grand frère conscient des dangers, je lui rabâchais des conseils de prudence. Cela ne réussit qu'à la faire rire de nouveau.

Puis ce fut le 24 décembre.

Comme l'avait si bien dit avant moi ce bon vieux Jules César, les dés étaient jetés…

Chapitre 8

# Pétards et décolleté

Le temps était parfait. Sec et venteux. Un cadeau de Noël un peu prématuré mais bien appréciable. Nous avions fixé le coup d'envoi de notre petite mise en scène à quatre heures moins le quart, soit quinze minutes avant l'habituelle sortie de M. Moriaru.

Mary, maintenant qu'elle se trouvait face à l'obstacle, faisait moins la fanfaronne. Elle prenait soudain conscience qu'on n'était pas sur une scène de théâtre et qu'il n'y aurait pas de répétition. Comprenant qu'elle était la clé de voûte de toute l'opération et que, si elle échouait à atteindre son objectif, tout tomberait à l'eau, la nervosité l'avait gagnée. Alors, j'oubliai mes propres inquiétudes pour lui déclarer avec simplicité et une totale sincérité :

– Mary Holmes, tu es une jeune fille exceptionnelle. J'ai une pleine confiance en tes capacités. Tu vas réussir.

Ces paroles toutes simples firent merveille. Ma sœur retrouva son sourire et je compris qu'elle ne flancherait pas lorsqu'elle répondit avec une étincelle malicieuse dans les prunelles :

– Je dois reconnaître que, même si je ne suis pas toujours d'accord avec toi, tu fais souvent preuve d'un excellent jugement. Je serais donc bien sotte de ne pas te croire !

Le sourire de Mary s'élargit, puis elle actionna la poignée du fiacre et en descendit avec légèreté.

Le soleil venait de se coucher et le crépuscule s'étendait sur Londres. Les allumeurs de réverbères à gaz commençaient leur travail et, derrière les fenêtres des demeures bourgeoises, les chandeliers s'éclairaient un à un, révélant ici et là les décorations festives qui égayaient les intérieurs en ce temps de l'Avent. Je gardai un œil sur Mary, qui longeait la grille vers le portail d'entrée, protégé par un militaire. Le cœur battant, j'attendis qu'il s'ouvre. Bien que je me sois jusque-là interdit de l'envisager, je ne pus soudain m'empêcher d'être envahi de craintes : il ne faudrait pas que l'ambassadeur, à la suite de son plongeon dans la Tamise, soit victime d'un refroidissement et décide de garder le lit ; ou encore qu'en cette avant-veille de Noël ses plans soient différents de ceux des autres jours. Mais grâce à Dieu il n'en fut rien. On ne pouvait nier que, malgré tous ses vices, l'homme était ponctuel. Il franchit le seuil de sa propriété au moment où Mary l'atteignait. Elle fut splendide. Je la vis porter la main au front et s'accrocher à la grille, comme si elle allait défaillir. Aussitôt, M. Moriaru vola à son secours. Elle s'effondra dans ses bras avec beaucoup de naturel. Le stratagème fonctionna parfaitement. L'homme souleva Mary et rebroussa chemin vers l'ambassade en demandant au garde, lui-même très concerné, de lui rouvrir les portes.

La première phase du plan était un succès.

Je sautai à mon tour hors du fiacre et renvoyai le véhicule. Je m'approchai du bâtiment et émis un long sifflement. Une dizaine d'échos bien plus brefs me confirmèrent que mon «armée» était en place, prête à agir à mon signal. Profitant de ce que le garde se trouvait toujours à l'intérieur, je me dissimulai derrière l'un des énormes piliers du portail, dans la noirceur de la nuit tombée. Lorsque le soldat regagna son poste, je le surpris par-derrière et l'assommai d'un coup sec. Comme convenu, je laissai une

dizaine de minutes s'écouler pour permettre à Mary de jouer sa partition. Puis j'allumai un des pétards que j'avais gardés en poche et le lançai à travers la grille. C'était le signal.

Aussitôt, une succession d'explosions et de cris menaçants retentirent tout autour de l'ambassade, métamorphosant cette rue tranquille en champ de bataille. Les hommes que j'avais recrutés dans l'East End n'avaient pas leur pareil pour faire du bruit, et je dois reconnaître que les pétards achetés à Chinatown étaient d'excellente qualité ! De toute part, des fumigènes furent lancés dans les jardins tandis que je hurlai de toutes mes forces « À mort le dictateur ! » en transylvanien. Je me doutais bien que mon accent ne devait pas être le meilleur, mais je ne m'inquiétais pas outre mesure : il s'agissait plus de créer une ambiance révolutionnaire que de jouer le polyglotte.

Les premiers instants de stupeur passés, l'agitation ne tarda pas à s'emparer du personnel de l'ambassade. Des voix criaient des ordres en transylvanien et de nouveaux gardes firent bientôt leur apparition. Certains descendirent les escaliers en courant, fusil à la main, d'autres posèrent un genou à terre et tirèrent au hasard. Je ne m'inquiétai pas une minute pour mes troupes, qui avaient reçu la consigne de manifester bruyamment mais de ne surtout pas se montrer. Des soldats surgirent sur le trottoir mais n'osèrent pas s'aventurer plus loin : ils savaient bien qu'ils n'avaient pas le droit d'intervenir sur le sol britannique. Je devais admettre que les Transylvaniens avaient été très rapides dans leur riposte. Peu importait cependant, les précieuses minutes qui s'étaient écoulées depuis le début de notre attaque factice étaient plus que suffisantes pour nous permettre d'atteindre notre objectif.

Je donnai un long coup de sifflet. Cette fois, je sonnais la retraite. En un éclair, la fausse armée révolutionnaire s'évanouit dans la nuit, à la grande surprise des gardes, qui se retrouvèrent sans ennemis à combattre. J'imitai mes complices, mais, contrairement à eux, qui s'étaient volatilisés en s'enfuyant le plus loin possible, j'allai me cacher dans une rue voisine. Du coin d'un immeuble, je surveillais la sortie de l'ambassade. Chaque minute me paraissait durer des heures et je commençais à m'inquiéter pour la sécurité de ma sœur. L'ambassadeur, j'en étais sûr, était capable de tout et surtout du pire. N'y tenant plus, je sortis de ma cachette, prêt à défier toute la garde transylvanienne s'il le fallait. Alors que j'avançais à grands pas vers les soldats qui avaient remplacé celui que j'avais assommé lors de la révolution la plus courte de l'histoire du monde, je vis apparaître Mary sous le porche de la demeure. Elle était accompagnée par l'ambassadeur, qui se montrait aux petits soins avec elle. Il la raccompagna jusqu'à la rue, arrêta un fiacre et l'aida à y monter. Quelques secondes plus tard, le cocher claquait de la langue pour faire partir ses chevaux.

# Chapitre 9
# L'arme fatale

– Mon pauvre Honorius, je crois bien que, cette fois, nous avons échoué sur toute la ligne, se désola Mary lorsque je la rejoignis chez nous.

Elle marchait de long en large dans le salon pour évacuer sa nervosité et sa contrariété. Je m'assis sur le canapé et l'encourageai à faire de même en tapotant le coussin à ma droite.

– Pourquoi donc dis-tu ça, ma chère ? demandai-je en levant un sourcil.

– Parce que mon plan n'a pas fonctionné. Ou du moins, tu t'es trompé sur la réaction du personnage, répondit-elle en se laissant gracieusement tomber à côté de moi.

– Plutôt que de tirer des conclusions hâtives, raconte-moi point par point ce qui s'est passé une fois que tu es entrée à l'intérieur, nuançai-je en lui prenant la main.

– Oh, au début, tout s'est déroulé comme je l'avais prévu : il m'a aidée à m'installer dans le salon de ses appartements privés et m'a commandé un thé. Il s'est montré très prévenant et nous avons fait un brin de conversation jusqu'à ce que le premier pétard explose.

Mary se tut, les traits de son visage exprimant une déception profonde.

– Et ? relançai-je.

– Eh bien… Il lui a fallu quelques secondes pour comprendre ce qui arrivait… Mais quand tu t'es mis à crier ces mots étranges, il a sursauté comme si une guêpe l'avait piqué.

– Et alors ? insistai-je, au comble de l'impatience.

– Et alors il n'a pas du tout fait ce que je pensais qu'il ferait ! Au lieu de se précipiter vers sa cachette pour mettre l'anneau hors d'atteinte des révolutionnaires, il a attrapé la cage à oiseaux en appelant du personnel à l'aide pour venir les protéger ! Puis quand tout est rentré dans l'ordre, il m'a demandé de l'excuser pour son manque de savoir-vivre en pensant à sauver les oiseaux avant de me sauver, moi. Il m'a ensuite expliqué que ces perruches lui avaient été offertes par une personne chère à son cœur et qu'il y était excessivement attaché. Comme quoi, on peut être un ambassadeur immoral et avoir l'âme sensible…

Je hochai la tête pour montrer ma perplexité. Je ne pus cependant m'empêcher de la contredire :

– Perruches ou pas perruches, je ne crois pas une seconde que ce M. Moriaru ait le cœur sensible. Je pense plutôt que c'est un être impitoyable et très imbu de sa personne. Si grâce à la bague du prince Albert et au chantage qu'elle lui permet d'exercer, il obtient gain de cause, sa carrière politique va s'envoler.

– Vraiment ? Dans ce cas, explique-moi pour quelle raison il a couru vers cette cage si cet anneau est son bien le plus précieux ? répondit-elle.

Elle venait à peine de finir sa phrase que soudain nos regards se croisèrent. Ils s'illuminèrent au même moment. Nous éclatâmes de rire. Tout était clair comme de l'eau de roche…

Quelques heures plus tard, j'étais de retour devant l'ambassade transylvanienne. Mais cette fois, je portais ma tenue de cambrioleur. Tout de noir vêtu, je pénétrai à l'intérieur du bâtiment de la même façon que la première fois, en veillant à éviter les gardes. Je n'eus aucun mal, au cours de cette seconde intrusion, à me repérer. D'un pas sûr et silencieux, je rejoignis le salon privé de l'ambassadeur. Arrivé devant la cage à oiseaux, j'allumai une bougie que je fixai sur un plateau avec un peu de cire fondue et ouvris la porte avec précaution. Le plus grand danger de mon expédition résidait dans la réaction difficilement prévisible des oiseaux. Cette nuit-là, M. Moriaru n'était point de sortie et sa chambre ne se trouvait qu'à un couloir de distance. Il s'agissait donc de ne pas effrayer les volatiles afin d'éviter une explosion de cris et de piaillements.

L'expérience de ma jeunesse m'avait appris que les pigeons londoniens étaient friands à l'excès des crackers, ces petits biscuits salés typiquement britanniques dont se régalaient les habitants de l'East End. Mary interdisait cette friandise à nos rouges-gorges et autres pinsons sous prétexte que ce n'était pas un régime adapté à leurs besoins. Mais un petit écart n'a jamais fait de mal à personne, d'autant plus que c'était presque Noël ! Pourquoi ces perruches transylvaniennes n'auraient-elles pas le droit de participer aux festivités ? Espérant qu'elles partageraient les goûts culinaires de leurs cousins londoniens, j'émiettai un biscuit sur le support de la cage tandis qu'elles m'observaient avec méfiance. Il n'y avait pas à en douter. Je détenais là l'arme fatale : dès le premier craquement, la convoitise remplaça la suspicion dans leurs yeux noirs, aussi ronds que des boutons de bottine. Par petits bonds, les perruches sautillèrent hors de la cage pour venir picorer cette gourmandise inconnue. Mon objectif atteint, j'émiettai une poignée de crackers sur la table basse la plus proche. Pendant que mes nouvelles amies s'y précipitaient avec enthousiasme, j'introduisis la main dans leur demeure. Je fouillai, farfouillai et finis par me rendre compte que le petit abreuvoir décoré de fleurs métalliques semblait anormalement haut au vu de sa profondeur. Mes doigts tâtèrent son contour avec professionnalisme.

Ce fut la pression exercée sur un pétale de rose qui en déclencha l'ouverture. Avec un « clic » discret, la partie supérieure de la réserve d'eau pivota, révélant une cachette profonde d'un demi-pouce. Une satisfaction intense m'envahit quand j'en sortis un anneau aussi épais que splendide. L'émeraude qui y était montée se mit à scintiller de mille feux à la lueur de la bougie. Les entrelacs d'or qui l'entouraient étaient facilement reconnaissables. La bague royale reposait là, au creux de ma main.

## Chapitre 10

# Élémentaire, mon cher Albert…

Les coups frappés à notre porte au matin du 24 décembre furent secs, rapides et au nombre de cinq.

– De l'impatience, nota Mary.

– Et un manque de retenue assez notable, ajoutai-je.

– Peu digne d'un représentant de la famille royale.

Nous échangeâmes un sourire avant que Mary invite notre visiteur à entrer. Le prince Albert, vêtu d'un manteau dont il avait relevé le haut col pour préserver son incognito, poussa la porte. Il était bien plus agité qu'il sied à un membre de la famille royale.

– J'ai reçu votre message qui me disait que vous aviez retrouvé un objet qui m'appartient, commença-t-il sans s'embarrasser de salutations.

Dans un désir d'abréger son anxiété, je l'informai aussitôt :

– C'est exact, Votre Altesse, nous avons l'anneau.

Il me regarda de l'air d'un condamné à mort à qui l'on offre la grâce et qui craint cependant qu'on soit en train de lui faire une mauvaise blague. Planté sur ses deux pieds, comme pour mieux se préparer à encaisser une nouvelle pénible, il déclara non sans une certaine morgue :

– Je n'y croirai que lorsque je le verrai !

En silence, je sortis la bague d'un tiroir et la déposai sur le sous-main en cuir rouge de ma table d'étude. Le prince la fixa un instant, n'osant s'approcher, avant de s'en emparer avec avidité. Dès que son angoisse commença à refluer, il demanda :

– Mais comment vous y êtes-vous pris ?

J'expliquai avec une fierté non dissimulée notre démarche en concluant :

– En cas de danger intense, la réaction instinctive de chaque être humain sera de chercher à mettre à l'abri le bien qu'il estime le plus précieux. L'ambassadeur de Transylvanie n'a pas dérogé à la règle. Lorsqu'il a cru que des révolutionnaires allaient attaquer son ambassade, il s'est précipité vers la cachette dans laquelle il avait dissimulé votre anneau. Ne restait plus ensuite qu'à quelques doigts agiles de s'en emparer !

Notre client royal ne cacha pas son admiration. Et sa générosité fut proportionnelle à sa reconnaissance. Quand il me demanda combien il me devait, je citai un montant honteusement élevé.

– Vous aurez le double, trancha-t-il sans la moindre hésitation.

Il me fallut tout mon sang-froid britannique pour ne pas laisser transparaître ma stupéfaction. Mary, elle, souriait. En pensée, elle était déjà en train de dépenser cette somme pour faire réparer, en plus des autres gâteries prévues, le toit de l'orphelinat.

# Épilogue

Je ne sais si la veillée de Noël à la cour de la reine Victoria, en présence du tsar de toutes les Russies, fut un succès, mais celle que je partageai avec Mary fut délicieuse. Après un repas festif et avoir chanté à tue-tête les plus beaux *Christmas carols* que nous connaissions à la messe de Noël, nous nous retrouvâmes devant un bon feu de cheminée.

Avec un sourire, Mary me tendit un paquet enrubanné rectangulaire. Il contenait une magnifique loupe à manche d'ivoire.

Comme je la remerciais en feignant d'être embarrassé, elle dit :

– Ne t'inquiète pas. J'imagine bien qu'avec tout ce que tu as eu à faire ces derniers temps, tu n'as pas eu le temps de chercher un cadeau. De toute manière, tu sais bien que ce qui compte pour moi, c'est la journée de demain, à l'orphelinat. Je serai tellement heureuse de distribuer des présents à tous les enfants ainsi que de leur annoncer que le toit du réfectoire pourra être refait à neuf !

Je pris un air penaud avant de sortir triomphalement un paquet large et plat de la poche intérieure de mon habit.

À ma grande joie, la surprise rendit Mary muette.

– Mais qu'est-ce donc ? murmura-t-elle quand elle finit par recouvrer sa voix.

– Ouvre et tu sauras !

Une minute plus tard, elle découvrait un gant de crin de toute première qualité.

– C'est pour me faire pardonner d'avoir usé le tien, précisai-je inutilement.

Elle éclata de rire.

Plus sérieusement, je sortis d'une autre poche un petit écrin contenant une broche de perles et d'argent mêlés. Fier comme un paon de voir le plaisir qui se lisait sur son visage, je lançai :

– *Merry Christmas*, petite sœur !

Au moment où elle se levait pour me remercier d'un baiser sur la joue, la porte d'entrée s'ouvrit à toute volée. Alors que je me demandais si une soudaine tempête faisait rage à l'extérieur, j'entendis la douce voix d'Agatha protester :

– Sherlock ! Combien de fois t'ai-je dit qu'on n'entrait pas ainsi chez les gens ?

Horrifié, j'interrogeai Mary du regard. Elle prit un air penaud pour m'avouer tout bas :

– C'est la veillée de Noël, je ne pouvais faire autrement que de les inviter.

Je n'eus pas le temps de répliquer que le plus jeune de mes cousins déboulait dans le salon. Son visage, souvent boudeur, était ce soir-là éclairé par un sourire resplendissant.

– Salut, cousin Honorius, c'est Noël ! Je suis venu chercher mon cadeau ! Tu m'apprends à faire des glissades ? Tu as promis ! Tu m'apprends ? Tu m'apprends ?

Avec le sentiment d'être un lapin pris dans la ligne de mire d'un chasseur, je tournai la tête de droite à gauche, cherchant désespérément une issue. Mais Mycroft et Agatha se tenaient dans l'embrasure de la porte, bloquant la seule sortie possible.

Quant à Mary la traîtresse, elle me regardait en se retenant d'éclater de rire.

– Tu m'apprends ? Hein, tu m'apprends ? Tu as promis ! Tu m'apprends ? reprenait Sherlock.

Je fixai la sauterelle qui bondissait devant moi, débordante d'énergie et réduisant à néant tout espoir de fuite.

Autant le reconnaître : cette fois, je m'étais fait piéger, et bien piéger !

# LA BAGUE ROYALE

**Félicitations pour ta lecture, jeune détective ! Maintenant, c'est à toi de résoudre des énigmes.**

Tu l'auras peut-être deviné, mais pour écrire *La Bague royale* l'autrice s'est inspirée d'une véritable enquête de Sherlock Holmes écrite par sir Arthur Conan Doyle ! Elle s'intitule *Scandale en Bohême*...

En t'aidant des indices dissimulés dans ce livre, sauras-tu démasquer les différences entre les deux histoires et relier la question à la bonne réponse ?

1. Dans la nouvelle de Conan Doyle, c'est le futur roi de Bohême en personne qui demande l'aide de Sherlock Holmes. Mais dans l'histoire que tu viens de lire, quel illustre personnage vient louer les services de Honorius ? •

- La reine Victoria déguisée
- Louis Napoléon Bonaparte
- Le prince Albert
- Agatha Holmes

2. Dans *Scandale en Bohême*, le souverain missionne Sherlock pour retrouver une photographie compromettante. Mais quel est l'objet que le mystérieux client de Honorius veut à tout prix retrouver ? •

- La perruque préférée de la reine
- L'anneau royal
- Sa superbe casquette anglaise
- Les bijoux du maharadjah

3. Dans l'œuvre originale, la coupable du vol n'est autre que la célèbre aventurière Irène Adler. Mais te souviens-tu chez qui Honorius doit s'introduire pour récupérer le précieux objet ? •

- La reine Victoria qui fait la sieste
- M. Moriaru, ambassadeur de Transylvanie
- Le Dr John Watson
- La Société des moustachus

# RÉPONSES

## 1. LE PRINCE ALBERT

**Sous le masque… un scandale royal !**

Dans l'œuvre de sir Arthur Conan Doyle, un homme déguisé se présente à Sherlock Holmes pour demander son aide, mais il est rapidement démasqué par le détective. Il s'agit du prochain souverain de Bohême, un puissant empire d'Europe centrale. Et celui-là s'est mis dans de beaux draps… D'où le titre original : *Scandale en Bohême* ! Dans la nouvelle que tu viens de lire, Nathalie Somers a rendu l'affaire aussi prestigieuse en faisant intervenir le prince Albert, fils aîné de la reine Victoria et héritier du trône de Grande-Bretagne, rien que ça !

## 2. L'ANNEAU ROYAL

**Ne JAMAIS parier les bijoux de famille !**

Dans l'affaire de Sherlock Holmes, l'héritier de Bohême quémande les services du détective en catastrophe. Le coupable ? Une mystérieuse femme qui lui ferait du chantage grâce à une photographie ! En effet, elle et le prince se sont immortalisés ensemble lors d'un voyage amoureux alors même que celui-ci devait se marier avec une autre… Sherlock doit à tout prix récupérer le cliché avant qu'éclate… un scandale en Bohême ! Dans son histoire, Nathalie Somers a transformé la photo compromettante en une bague royale perdue au jeu. Selon toi, qu'est-ce qui est le plus honteux : risquer d'être vu au bras d'une autre femme par tout son royaume ou perdre bêtement la bague de sa maman, surtout quand celle-ci est la reine Victoria ?

## 3. M. MORIARU, AMBASSADEUR DE TRANSYLVANIE

**Un charmant maître chanteur…**

Dans la nouvelle originale, la femme au cœur de l'enquête n'est autre qu'Irène Adler, une célèbre aventurière qui arrive toujours à ses fins. Alors, quand l'héritier de Bohême lui a brisé le cœur, elle décide de le lui faire payer ! Malgré son génie, même le grand Sherlock n'arrivera pas à récupérer cette précieuse photo. Par ailleurs, je ne sais pas si tu as remarqué, mais dans l'affaire de *La Bague royale*, Nathalie Somers a fait un clin d'œil à un autre personnage emblématique des enquêtes de Sherlock… Eh oui, elle a appelé le coupable M. Moriaru, en référence au professeur Moriarty, le pire ennemi du détective ! Comme quoi, dans toute lecture il faut savoir chercher les détails à la loupe !

POUR CONTINUER À MENER L'ENQUÊTE
AVEC HONORIUS ET MARY,
DÉCOUVREZ LA FICHE PÉDAGOGIQUE
DES *COUSINS HOLMES*
SUR NOTRE SITE INTERNET
**WWW.DIDIER-JEUNESSE.COM**
DANS LA RUBRIQUE « PROFESSIONNELS ».

Nathalie Somers

# ROSLEND

Londres, 1940. Sous le feu des bombardements allemands, Lucan, 14 ans, doit faire face à la mort brutale de son grand-père. En touchant le cadran de l'horloge qu'il lui a confiée, le jeune garçon est propulsé dans un univers extraordinaire et également menacé : Roslend. Y aurait-il un lien entre le danger qui pèse sur ce monde et le destin de Londres ? Le temps est plus que jamais compté pour Lucan qui a désormais une mission : gagner la bataille de Roslend pour sauver... rien de moins que l'Empire britannique !

**Une aventure historique et fantastique pleine de rebondissements !**

# *Nathalie Somers*

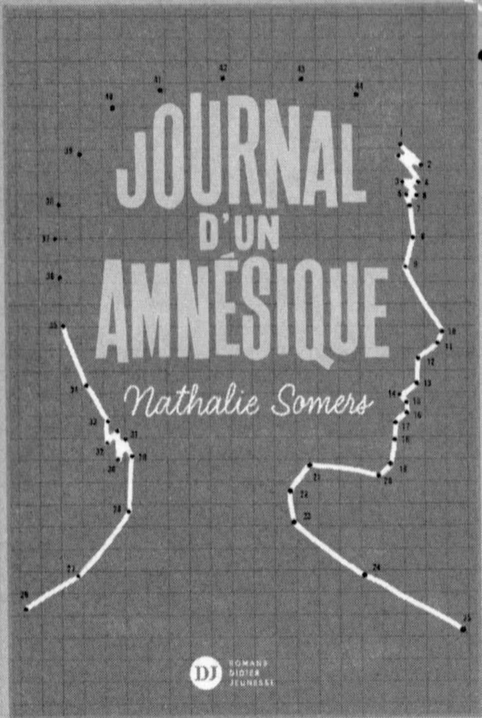




*Romain a tout oublié de sa vie d'avant l'accident, même ses parents qui lui paraissent assez antipathiques. Pourquoi sont-ils si stressés ? Au lycée, à sa grande surprise, il découvre qu'il n'a aucun ami et qu'on se moque de lui. Le Romain d'avant l'accident lui paraît complètement effacé alors que le Romain d'aujourd'hui est la proie d'un incroyable bouillonnement intérieur. Heureusement, une certaine Adeline pourrait bien l'aider à s'affirmer et à faire la lumière sur sa vie…*

# NATHALIE SOMERS

Lorsque son père lui propose de l'accompagner pour ses affaires à Venise, Emma King est aux anges. Fini le pensionnat de bonne famille ! Mais la jeune fille déchante vite face à l'indifférence paternelle... C'est alors qu'au Palais des Doges, elle surprend une conversation à propos d'un futur cambriolage. Emma veut en savoir plus, quitte à devoir mener l'enquête avec l'assistant de son père, l'insupportable et séduisant Kieran. Saura-t-elle faire tomber les masques ?

# #SAUVERLOU

Muriel Zürcher

© Laure Ngo

**Elles n'auraient jamais dû être là…**
**Une seule solution : fuir pour survivre.**

Alors qu'elles passent la nuit dans la forêt, Romane et sa petite sœur Lou sont témoins d'un règlement de compte entre braqueurs. L'homme qui se fait assassiner a le temps de leur confier le lieu secret du butin. Elles craignent désormais pour leur vie ! Poursuivies par le meurtrier, leur cavale les pousse jusqu'aux côtes normandes. Même si elle risque beaucoup, Romane a un plan : elle compte trouver l'argent volé, pour financer une opération qui pourrait sauver sa sœur malade…

# ERIC SENABRE

Dans l'immense manoir d'Hemyock, la vie d'Oswald est plutôt confortable : tout un personnel lui est dévoué pour qu'il développe ses talents de jeune prodige. Une étrange maladie lui interdirait tout contact avec l'extérieur : aussi ne connaît-il ni ses parents, ni le monde qui entoure la propriété. À l'approche de ses seize ans, le garçon s'interroge de plus en plus sur les zones d'ombre que compte son existence. Venue de nulle part, une jeune fille le contacte secrètement et l'incite à fuir avec elle. Mais comment sortir de ces murs ? Devant eux, le mystère est bien plus grand qu'ils ne l'imaginent...

13, rue de l'Odéon
75006 Paris
www.didier-jeunesse.com
Illustrations : Hortense Mariano
Graphisme du logo : Sébastien Pelon
Graphisme des bonus : Éléonore Joubaire
Composition, mise en pages et photogravure : IGS-CP (16)
ISBN : 978-2-278-12092-5 • Dépôt légal : 2092/01
N° d'impression : 2203108
Loi n° 49-956 du 16 juillet 1949 sur les publications destinées à la jeunesse

Achevé d'imprimer en France, à Alençon, en juillet 2022 chez Normandie Roto Impression s.a.s.,
imprimeur labellisé Imprim'Vert, sur papier composé de fibres naturelles renouvelables,
recyclables, fabriquées à partir de bois issus de forêts gérées durablement.